달
의

미
소

달의 미소

발행일   2017년 9월 29일

지은이   박 일 순
펴낸이   손 형 국
펴낸곳   (주)북랩
편집인   선일영   편집   이종무, 권혁신, 송재병, 최예은
디자인   이현수, 김민하, 이정아, 한수희   제작   박기성, 황동현, 구성우
마케팅   김회란, 박진관, 김한결
출판등록 2004. 12. 1(제2012-000051호)
주소   서울시 금천구 가산디지털 1로 168, 우림라이온스밸리 B동 B113, 114호
홈페이지 www.book.co.kr
전화번호 (02)2026-5777   팩스   (02)2026-5747

ISBN   979-11-5987-786-5 03810 (종이책)   979-11-5987-787-2 05810 (전자책)

이 도서의 국립중앙도서관 출판예정도서목록(CIP)은 서지정보유통지원시스템 홈페이지(http://seoji.nl.go.kr)와 국가자료공동목록시스템(http://www.nl.go.kr/kolisnet)에서 이용하실 수 있습니다.
(CIP제어번호 : CIP2017024043)

(주)북랩 성공출판의 파트너

북랩 홈페이지와 패밀리 사이트에서 다양한 출판 솔루션을 만나 보세요!

홈페이지 book.co.kr • **블로그** blog.naver.com/essaybook • **원고모집** book@book.co.kr

박일순 시집

달의

미소

북랩 book Lab

머리글

첫 시집『꽃향기』를 출간한 지도 어언 삼 년이라는 세월이 흘러갔다. 가끔씩 서재에서 꺼내 읽어보는 뿌듯함을 뒤로하고 새로운 시집으로 삼 년이란 삶의 결실을 맺어보려 한다. 시를 쓰기에는 여러모로 부족한 내가 이토록 시를 쓰고자 노력하는 이유는 대체 뭘까?

1984년 아픈 몸을 이끌고 중동으로 취업을 나갔을 당시 점점 몸이 쇠약해져 삶의 의욕을 거의 잃어가고 있을 때 옆의 동료가 건네준 한 권의 책을 읽는 순간 다시금 용기를 내어 새로운 삶을 살아갈 희망을 얻었기 때문이다.

그 후 삼십 년의 세월이 훌쩍 넘은 지금도 그때의 글귀들이 내 가슴에 살아남아서 매일매일 새롭게 움터 자라나며 내 삶에 많은 변화를 가져오고 있기에 오늘도 느릿느릿 내 자신을 돌아보며 하루 일과를 시작한다.

차례

강과 바다

바다에 어둠이 걷혀오면
잠들지 못한 별 정처 없이
이승을 맴돌고
떠오르는 태양 속으로
다리가 없는 바다는 쓸쓸하기만 하여라
까닭 모를 그리움만이
바다와 더불어 출렁이기 때문에

이윽고
저녁노을 속으로
뭉게구름 붉게 타오르는 모습
바라다보면
다리가 없는 바다는 슬프기만 하여라
까닭 모를 외로움만이
노을에 붉게 타오르기 때문에

그리고 지금

임이 떠나버린 내 마음 또한

노을진 바다로 모여드는

저 강물과도 같은 것

모여드는 강물의 흐름

가슴 속 침묵처럼 고요하나

임을 향한 그리움은

노을 속의 태양과도 같나니

이제부터라도

저 바다 위로

천상의 오랜 세간들이 자유롭게

이 땅을 오고 갈 다리를 놓아

외롭고 쓸쓸한

내 사랑 홀로

저 하늘을 오고가는 일 없게 하리라

이름 모를 소녀

이름 모를 소녀는
향기로는 다 말할 수 없어
꽃 피운다네
가을, 겨울 밤낮을 기다려
온 세상에 꽃으로 피어난다네

이름 모를 소녀는
꽃으로는 다 말할 수 없어
열매 맺히네
봄, 여름 밤낮 없이 자라나
온 세상에 열매 맺혀 씨앗되어 간다네

이름 모를 소녀는
씨앗으로는 다 말할 수 없어
싹 틔운다네
꽃으로도 열매로도 말 못 한 사연들을
봄비 속에 구슬피 싹틔우고 있다네

새움

동방의 나라

방방곡곡에…

밤이슬에 젖어 핀

서툰 삶의 꽃 한 송이 있어라

앞마당에

난초 백합 장미의 삶이 그렇듯

앞선 줄기의 길을 따라

한 걸음 한 걸음

하늘 향해 걷다가

세찬 비바람에 잠시 쉬어 듣자니

그토록 고뇌에 다져진 몸이 되어서야

이 높은 곳에 오를 수 있다는

별들의 속삭임에

또 한 잎 불쑥 내어 밀어

낯선 타향길 방황하는

새움의 몸짓 하나

동방의 나라 방방곡곡에

밤이슬 젖어 핀

서툰 삶의 꽃 한 송이

아침 햇살에 움솟아 있어라

봄비 속의 임진강

봄비 내리는 임진강
풀잎에 물든 푸른 물결
삼천리 방방곡곡을 물결치다
내 작은 터에도
행복을 가져다주는 임진강
달맞이꽃에 싸여
은빛 모래알이 물살에 일렁이며
그립고 그리워 잊혀간 형제들
그때를 노래하는 임진강
북삼교 다리 아래 뚝
멈출 듯이 소용돌이 쳐보지만
햇살에 녹아
새벽이슬되어 다시 오마 다짐하는 임진강
둔치에 모여 소곤대는
여울물의 물장구 소리

하늘에서 내려다보면
심장 속 혈관 같은 강줄기
숲에는 새들의 보금자리
지하에는 넋의 보금자리

근처 국사봉에 올라보면
오랜 넋의 흐느낌에
그리움만 쌓여 흐르는 임진강

황토물에 길 잃은 물고기
바위에 부딪혀 푸르둥둥한 돌메기
열 길 물이 단번에 불어나
강태공들 허둥지둥
조각배 타고는 갈 곳 없던 임진강
통일의 꿈에 깨어나
또 다시 일렁이는 임진강

흙내음

어느 님의 귀한 몸이시길래
진한 흙내음에
영혼의 잠이 깨어난다
모습은 어디에 있을까
애타게 찾아봐도
씨앗을 매단 꽃잎도
송진가루 이는 솔잎도
말을 않는다

먼 곳에 흰 구름 흘러가
큰 소리로 물어보지만
너무 멀다
그 소리 듣기에는

어느 님의 몸이 정토되어
진한 흙내음에
넋의 잠이 깨어난다
터의 그는 누구일까
애타게 불러 봐도
말이 없다

한자락 세찬 바람결에

솔잎의 사연

너무 빨리 속삭여

그 소리

알아듣지 못했다

고려청자

시냇물 깊어지면
바다와 같게 푸르고
깊어진 바다
가을 하늘만 같게 드넓어라
옹달샘 푸른 물 길어다
물레에서 빚어지는
청자 한 점
그 이름도 한줌 흙이리니
그 한줌 흙인 우리의 몸 모두
보잘것없는 촌부이나
그 빛의 고움 하늘과 같음을
알고 나니
날마다 날마다 물레를 돌려
청자를 빚으오

DMZ

해골된 철모
미라된 옷가지와 군화
총탄의 흔적으로 얼룩진 뼈마디
알고 보니…
고향의 어머님 곁에
고이 잠들어 있는 것, 맞구려

푸른 이끼에 덮힌
구릿빛 무덤 속
겹겹이 쌓인 한의 눈물
사연 듣고 보니…
밤하늘의 별이 되어
고향의 하늘 아래
임 찾아 떠도는 나그네인 것, 맞구려

총알 없는 탄피

슬픔에 젖어 녹슨 사연

곁의 무궁화 애끓는 한마음

분단된 국토에 바라는 소망

통일의 꿈 한결같기에

온 겨레에 피어나 물결치는 것, 맞구려

임진강 댐 새벽 안개

이른 새벽
안개 속에 잠든 임진강 댐
철조망에 걸려
겹겹이 해진 옷깃들
속살에 드러난
못 이룬 설움설움들
골짜기며 평야를 서성이다
가로등 불빛 아래 모여
동동구로모 향기
아득한 살결 얼싸안고
마주대어 부비노라

토방의 발자취

수없는 세월 밟고 드나든
토방의 발자취
평생을 다녔어도
한 치 높이도 쌓이지 않은 여명의 바람
모두 땅속 깊이 스미어
흙과 나무와 하나 되어
후손의 넋을 돌봄이 분명하오니
사랑스런 마음
정성을 다하는 마음
부디 변함없기를…

매 순간 머리맡에 놓아두려고
쉼 없이 쌓아왔건만
모두 흔적 없이 사라져간
임의 속삭임
허공 속 어디선가 메아리되어
후손의 꿈을 키움이 분명하리니
사랑스런 마음
정성을 다하는 마음
부디 변함없기를…

오월의 장미

고난의 깊이만큼
줄기를 뻗어온 담장의 장미
몸의 가시는
추운 겨울 그때부터
꽃피울 오늘을 경계하여
사계절 내내 돋았으되
변함없는 지조의 결실은
몸의 피같이 붉게 피어나
서툰 삶
서툰 몸짓으로 사는
나그네의 농을 다 들어주는
오! 신비로운 존재
오월의 장미여!
그대는 어둠속에서도 활짝 피어
미소 짓고 있는가

운석

이승의 밤은 어두워
땅의 착륙에 실패한
하늘의 별을…
내 손수 다듬고 있나니
아, 그것은
너와 내가 힘을 합한 간절한
진화의 몸부림이기도 하였던 것
보라 멀지 않은 세월 속에
속세의 모든 사슬을 끊고
하늘 본래의 모습으로 다시 빛나
이 땅의 모든 생명 앞에
깊이 감사하는 날 있으리라
오, 밤하늘에 빛나던
그때의 모습으로…

가을밤

밤이 괴로워 또 눈물짓는다

귀뚜라미의 노래가

슬퍼서도 아니다

차디찬 밤바람을

견딜 수가 없어서도 아니다

한 해의 결실을 잎새에 물들이는

이 가을…

하루의 마지막 밤을

또 그렇게 헤이고만 있기에

어제도 오늘도

잎새의 지저귐과

차디찬 밤바람이

뜰 앞을 서성이고 있음에

밤이 괴로워 눈물 지으며

떨칠 길 없는 외로움에 지쳐 갈 때

가을 밤 새벽하늘은

백열등 불빛 같은 찬 서리를

온 들녘에 쏟아 부으며

내게 이르는 듯하다

누구나 힘이 들어도

가야 할 길이 있는 거라구

그대는…

가지에서 떨어지는 잎새처럼

아픈 삶을 살아본 적은 있었느냐구

파도

파도여 너는
밤 깊도록
일만 번 땅을 치며 울었고
나는 일만 번
떠난 임을 그리워했노라

파도여 너는
밤새도록
한걸음 더 자유로운 삶을 찾아
몸부림쳤고
나는 일만 배의 서원을 세워
심중의 고뇌를
너의 가슴에 쏟아놓았노라

동해바다

검푸른 놈
가까이서 보니
수줍음 많은 사내였어
속마음 티 없이 맑아
희디흰 물거품 일으키며
잠자는 바위의 뺨
세차게 내려치고는
돌아서며 엉엉 울고 마는
수줍은 사내아이
가슴에 품은 뜻 많아
온 세상 누비고 다니며
부푼 가슴 일렁이다
집 앞 도랑 바위에 앉자
끝내는 또 다시
참았던 울음 터트리고 마는
수줍은 사내아이
밤이 되면…
별처럼 반짝이는 등대도 있으니
결코
돌아오는 길을 잃을 리는 없으리라

임진강아

임진강아!
널 그리는 임 여기 있거늘
누굴 찾아 먼 길을
그리도 헤매 가느냐!
스쳐가면서도 모른 척
술에 취한 척 비틀거리며
한 맺힌 노래만 불러
목이 잠긴 여울물 소리에
부싯돌도 닳아
열 길 물에 터를 잡았건만
너는 흘러
어데로 가는 걸음이더냐!
산 넘지 못해 구불구불
바다에 이르기 전에 연못 이루어
목마른 땅에 죄다 퍼주고
텅 빈 가슴뿐인
임진강이여!

옹달샘

샘물을 마셔버린 양지의 터
봄내음으로 북적이고
찬 바람에 잎새 돋은 버들잎
때를 말 못 할 아픔 있는 듯
햇살에만 잠깐씩 말을 건네고
들여다보면 언제나
거울이 되어주던 옹달샘
춘삼월 이즈음 밤으론
사슴을 품고 잠들어
이내 심정의 근심은
돌아봐 주지 않으니
초가단칸 붉게 태우는
뜰의 매화만 못하누나

사랑

내 삶에 그대 있어
행복하였소
때론 희망이었으나
원망이 되기도 했던 그대

언제나
내 영혼 속에
한 편의 시가 되어주었고
한 권의 책이 되어주었기에
그대 없는 삶은
내 삶의 허무였소

세상 저편 어디선가
처참히 파멸되어 있을 때
새로운 삶에
초석이 되어 주었던 그대
내 삶에 그대 있음은
언제나 행복의 시작이었소

멍

가슴에 든 멍처럼
하늘이 파랗습니다
가슴에 든 멍이 왜 파란 줄을 모르듯
드러나는 하늘이 왜 파란 줄을
나는 아직 모릅니다

뭔가를 간절히 그리워하면
그런 줄로만 압니다만…
오늘은 그런 파란 하늘에
비구름이 다가와

가슴 속 멍도 차츰
행복으로 차오릅니다

파란 하늘이 내려준 비로
산과 들은 파래지고
그 파란 잎새 속을 들여다보면
어쩌면…
파란 하늘을 담지 않은 듯도 합니다

비를 뿌리며 구름은 지나가고
비 개인 하늘은 연신 또 파래지고
거부할 수 없는 인연으로 인한
이내 가슴의 멍
어쩌면…
드러나는 파란 하늘의 멍
그와 같기를 간절히 기도해 봅니다

이외다

나 그대 곁에 있음은

하늘의 별과

가장 가까이에 있다는 것

그러므로

내게 어둠의 끝은

새벽이 오는 것이 아니라

그대를 오래도록 볼 수 있는

바로 지금이외다

아침 이슬에 생기 있는 꽃보다도

그대 마음의 아름다움에 가려

세상 모든 것들이 고귀하게 보이는

바로 지금이외다

오늘 하루일터에서

밭을 갈고 씨앗을 심는 일 모두가

그대를 영원토록 곁에 두기 위한

나의 간절한 기도이외다

초생달

반짝반짝 떠난 임의
소갈딱지만 한 초생달이
먼 산 봉우리 뒤로 숨누나
지금 가지 아니하면
내일 다시 못 온다기에
해질녘 노을길을 따라
가물가물 초생달이 지누나
야속한 임
가지 않고 기다려 준다던
그 약속
잊지는 않으시려나

휴식

일상의 삶이 무료할 땐
잠시 하던 일을 미루고
속세의 나를 잊어본다
바람은 가던 길을
쉬임 없이 불어갈 테고
달빛은 한층 더
그림자 없는 대지 위를
밝게 비출 것이며
한낮의 태양은
한 뼘 더
수직으로 길게 내려쬐여
더욱 더 싱그럽게
음지의 새 순을 길러내리라

휘모리바람

휘몰아 휘몰아 먼 하늘에서
산 넘고 바다 건너온 휘모리바람에
아침 이슬 머금은 잎새가
방긋 웃는다
몽울몽울 꽃망울
울긋불긋 꽃송이
임 그리워 온 산 가득 피어나
임 떠날까 봐
잠 못 이루는 휘모리바람
잎새와 얼싸안고 지샌 밤 모자라
두 손 꼭 잡고 거리를 헤매다
세상에서 영영 사라진다 해도
후회 따윈 없는 거야
휘몰아 휘몰아 먼 길 왔다가
휘몰아 휘몰아 먼 길 다시
떠날 테니까

옥녀봉 둘레길

옥녀봉 가는 길목, 언덕에 서서
굳게 닫힌 임진강 댐 수문을 바라다보니
고향의 어머님 그리움에
소문은 나지 않으리라
목 놓아 우니
솔바람 그대가 엿듣고
저 언덕 고갯길을 넘누나

옥녀봉 정상에
시름 잊고저 왔건만
자욱마다 들려오는
풀벌레의 노랫소리
멀지 않은 세월 그때
총칼에 짓밟힌
넋의 노래만 같구나

하늘에서는 굵은 빗줄기 내리고
그 비를 맞으며
한 사내는 울고만 있다오

밤낮 없는 사내의 눈물이야
까닭 없다 할 테지만

옥녀봉의 갑작스런 소낙비는
먼 길에 고달픈
임 맞으러 온 것만 같구려

봄비를 맞으며

봄비 내리는 사월의 봄
솔밭길을 걸으며 솔잎 향을 맡노라면
아스라이 떠오르는 옛 이야기들
한마디의 말에 삶이 좌절되고
한마디의 말에 용기를 내던
꼬맹이 때의 일들이
엎치락뒤치락 잠을 설치듯
떠오르니
힘에 거운 삶을 지탱할 용기가
다시금 샘솟누나
다 자란 깃털을 치켜세우고
싸움을 거는 애숭이 수탉처럼
산천에 꽃은 울긋불긋
피었다 지기를 거듭하더니
깃의 화려함을 접고
진초록 열매를 한아름 가득
맺어가고 있구나

종자산

관욕을 누리듯
좌청룡 우백호
두 팔을 활짝 펴고
한탄강 맑은 물을 품어들이는
종자산의 정기여
높은 산봉우리
우뚝한 바위
관모처럼 빛나 밝으니
뜰에 매화
맵시를 잃고
종자산 사이사이
푸른 녹수를 즐기누나

삼강의 봄

앞산 넘어도 강
뒷산 넘어도 강
줄기 끝에도 강
임 찾아
흐르고 흐르다
백발이 정토되어
물고기도 되어보고
산새도 되어보며
먼 하늘을
날아도 보며
깊은 바다를
건너도 보며
한 세상 또 그렇게
임만 찾아 사시겠구려

소나무

천왕성 달빛 아래
뭉게구름 하나
열섬지기 소나무 위에
깊이…
잠들어있구나
따져 묻진 않을게
주야장천 긴긴밤 태운 속
오죽이나 했을려구

먼 산 바위 위에
또아리 튼 소나무 한그루
한 소반 가득
흰 구름 이고 있구나
길은 묻지 않을게
굽이굽이 골짜기 지나
푸른 바다 찾아갈 테니

임

임이시여
오시옵더라도
먼 하늘의 꽃이어서
헤일 길 없는 향기라면
한 떨기 눈물인 양
새벽이슬 되어 오시옵소서
설령 밤이 짧아
새벽녘에 닿지 못하옵시면
흰 무명옷 벗고
나무꾼 되어 옵시어
그 지게에 사뿐히 실어
날 좀 데려다 주옵소서

사슴의 길

오늘도 나는
사슴의 길을 따라 걷는 나그네
밤이슬에 촉촉이 젖은
풀잎의 이슬 머금으며
산에서 나고 산에서 죽는
사슴을 닮아 사는 나그네
가끔은 사슴의 길을 떠나
나만의 길을 걸어보지만
구비구비 열두 고갯길 넘다보면
모두가 사슴의 길이고
사슴의 노래만이 메아리칠 뿐

그러므로 나는 생각한다
그 누구도 닮을 수 없는
순수한 눈망울의 사슴이
나의 임이 아닌 까닭을
그럼에도…
사슴을 사랑하는 이유가
나의 삶 고독의 전부라면
오, 그것은 바로
하느님의 삶과도 같은 것이리

새벽하늘

새벽하늘의 둥근 달은
어둠 속에서만 빛나는 것
한순간 깨친 뜻에
망망중천 어둠이 부서져
갈 길 먼 나그네가
밤길을 서두를 때
먼 그곳 아주 먼 그곳에
나그네의 뜰부터
환히 밝혀주는 것

새벽하늘의 저 별은
먼 곳에서만 반짝이는 것
길 잃은 나그네가
가던 길 머뭇거릴 때
그립던 사람 더욱 그립게 하여
가던 길 멈추지 않게
먼 그곳 아주 먼 그곳에서
나그네의 눈에만
반짝반짝 비춰지는 것

한탄강의 여울물소리

해질녘이면 밀려드는
삶의 외로움…
강바람마저도 쓸쓸히
고독에 겨워…
가고 온다는 말도 없이
근처 국사봉 기슭에 잠들어 가면

나그네의 걸음걸음에도
해는 저물어…
강둑 설원의 향기 곁에
잠자리를 마련하면
초저녁 달빛 넌지시
초가의 마당에 다리를 놓음에
한탄강의 여울물 소리
달빛의 속삭임에 취해
풀잎의 노래를 연주하고 있구려

바다는 나의 어머니

파도를 막아선 바위여
부서지다 멍이 드는 바다여
비바람은 쉬이 넘어 간 곳 없고
미운 정 들어 다정히도
손뼉을 마주치는 드넓은 바다에
자라나는 생명 그리도 많은가

나는 맹세하리…
드넓은 바다를 어머니라 부르고
드높은 바위를 아버지라 부르리
그 죄와 벌로 생을 살을지라도
날마다 날마다 바다에 나와
이렇게 외치리…

어머니 어머니
홀로 이루시다 잠드시는 어머니
어머니 어머니
홀로 멍들다 부서지는 어머니

추운 밤…
드넓은 바다에서 새들의 보금자리 되어주시는
아버지 아버지시여

동틀 무렵…
부둣가 갈매기의 노래에
기뻐 잠드시는
어머니 어머니
나의 어머니시여…

임진강 봄바람

임진강 봄바람
옷깃이라도 스치면
마주하련만
찰랑찰랑 조약돌에 부딪치며
세상인심 어딜 가나
야속터라 이르네…

임진강 강바람
모습이라도 보이면
잡아보련만
시름시름 갈대숲에 멈추기에
달려가 보니
부들부들 갈잎에 몸서리치며
우리 함께
임진강 맑은 물에
목욕이나 하자 이르네…

일출봉

올라보세 올라보세
일출봉에 올라보세
저 멀리 두고 온 고향의
정든 임 보이시려나

올라보세 올라보세
백두산에 올라보세
민족의 얼 하나 되려면
어떤 고뇌 어떤 한을
풀어야 될는지

올라보세 올라보세
하늘 높이 올라보세
하느님의 원
어떤 소망이기에
한 민족의 넋을
둘로 갈라 놓으셨는지를

달의 미소

초가지붕을 벗 삼아
떠오르는 달이여
불 꺼진 창은 왜 또
두드리고 가는가

거울 속에 비춰진
미소 짓는 달이여
불 꺼진 마음을 왜 또
설레려 하는가

높이 솟아올라
찬란한 달빛이여
보이지 않는 내가
그립지도 않은가
나의 마음 모두는
그대 품에 깃들어 잠드는데

초상화

높고 푸른 하늘에
마음이 가
그림 한 점 수놓으니
임의 모습만 같아
그리운 마음
전할 길 없어
애만 태우는데
스쳐온 바람결에
듣자니
그 임도
애만 태운다고…

성묘

오늘 찾아와 나 없거들랑
꽃 한 송이를…
식은 찻잔 속에
장미꽃 한 송이를…

내일 찾아와 나 없거들랑
눈물 한줌을…
밤새워 베갯잎 적신
눈물 한줌을…

모레 찾아와도 나 없거들랑
술 한잔을…
손 닿지 못할 가슴속에
동동주 한잔을…

그래도 그 마음 변함없다면
그 누구에게도 말 못 한
심중의 고뇌를 조려 그린
엽서 한 장을…

그러하면 나타나리다
용감한 아들이
내 사랑 그대여…

장미와의 대화

계절이 이쯤 왔노라고
활짝 핀 장미는 말을 건넨다
오월의 거리에
그와는 견줄 이 없는 붉은 빛
장미여 진정으로 너의 가슴이
그렇게 뜨거웠다면
유혹의 이 밤을 나는 결코
살아서는 돌아가지 못했으리라

늦은 밤
담장에 누워서도
숨길 줄 모르는 열정
밤이슬에 젖고서야
깊이 잠드는 모습 보노라면
아!
오월의 장미여
아직도 나를 대신하기에는
네가 제일 좋겠구나

빗방울 소리

이른 새벽
앞산 부엉새 울음 속에
하늘에서 내려오는
빗방울 소리가 들려온다

깊은 바다
큰 고래의 울음 속에
바다에 내리는
빗방울 소리가 들려온다

임의 무덤가 잔디밭에
엄마 찾아 방황하는
빗방울 소리가 들려온다
구불구불 황토물에 길을 잃고
온 세상 방황하던 빗방울이
푸릇푸릇 잎새 속으로
새 생명 되어 스며드는
빗방울 소리가 들려온다

들꽃

이른 새벽
고뇌 속의 흰 백발이 녹기 전에
홀로 피어 밤을 지새운
들꽃을 보러 갑니다
백설에 묻혀 핀
이름 모를 꽃이기에
따뜻한 손 내밀어
잡아보려 하면 괜찮다며
살며시 미소 짓는
들꽃을 보노라면
아,
그대를 사랑하는 내가
이토록 자랑스러울 줄이야

이른 새벽
꽃길을 따라 골짜기 끝에
홀로 피어 밤을 지새운
들꽃을 맞으러 갑니다
나만이 알고 왔기에

살며시 입 맞추려 하면
수줍게 미소 짓는 들꽃을 보노라면
아,
그대를 바라보는 내 마음이
이토록 행복할 줄이야

시인과 아이

아이는 삶이
아무리 고통스러워도
상냥한 미소를 잃지 않는다
시인의 삶이
아무리 시름에 겨워도
꿈을 잃지 않는 것처럼
아이는 기쁘면 기쁜 만큼
활짝 웃는다
시인은 슬프면 슬픈 만큼
이 땅에 희망을 남겨 놓는 것처럼
아이는 욕망을 잊고 산다
그래서 더욱 행복하듯
시인은 욕망의 한 가닥 실 끝에
새로운 반주로 노래를 짓는다
그 속에서 잠시
영혼의 자유와
삶의 휴식을 갖기에

영원의 등불

향기 없는 둥근 꽃
세찬 비바람에도
흔들림이 없는 꽃
온 겨레에 피어있으나
가슴가슴마다…
꼭 꼭 품어야 향기가 이는 꽃
사계절 내내 피어있는
아! 그 임은
영원토록 지지 않는
온 겨레의 붉은 등불

반달

하늘의 둥근 달이
흩어진 구름 모아
송이송이…
꽃으로 피우시고
부쩍 잦은 근심으로
밤을 지새우더니
더 먼 곳을 살피려고
큰 눈을 반으로 감으셨다
팔만사천 지혜 한데 모아
어두운 밤거리
흩어진 그림
울긋불긋…
꽃으로 피우시려나

바위

나는 한 점
부끄럼 없이 살았노라
비바람에 부서져 동강이 나고
모래알보다 작은 먼지가 되어
허공 속으로 사라져가는
나는 한 점
부끄럼 없이 살았노라
이 몸이 죽어
넋으로 되살아나기 위해
삶의 고뇌는 잠시 내 곁을
스쳐 지나갈 뿐
이 몸 부서지다
백골이라도 남으면
넋이라도 다시 일어나
또 그렇게
한 점 부끄럼 없이 살아가리라

차례상

매서운 추위를 탓하지 말라!
멀리서 다가오는 봄의 노래리라!
삶의 고뇌와
허무함조차도 탓하지 말라!
내 어린 생명을 돌보기 위한
수고이니
모든 생명이 그 속에서 나고 자라
힘에 겹게
정토를 향해 가고 있나니
사랑과 행복의 무상함이란
그대가 죽어
한줌 흙으로 되돌아갈 때
얼마나 많은 이들의 애도와 슬픔이
함께 하느냐에 매였나니
보라!
너울너울 춤추며 피어오르는 향불 속에
그대의 자취가 어려
이내 가슴의 흐느낌은
그대 넋을 기리는
나의 간절한 애도였음을…

둥지를 떠나는 작은 새

넓은 바다를 지나
하늘 가까이로
나는 가려네
새 희망 찾아서
푸른 숲길을 지나
하늘 가까이 가노라면
이제껏 참아온 인내의 힘이
새로운 삶에
희망이 되어 주리라 믿으며
붉게 아침햇살이 떠오르면
어버이 가슴이라 믿고 쉬어도 보며
비바람 견디는 고목을 보면
나의 삶도 그리 되리라
굳게 다짐도 하리라
어둠 밝혀주는
둥근 달이 떠오르면
그곳에 머무리라
가슴 설레며
나는 가려네 새 희망 찾아서

저편 산 높은 산

임도 아닌
저편 산 높은 산
괜시리
가까이 왔다 멀어져 가는
침묵의 숲 저편 산
울긋불긋 붉게 물든 가을 산
함부로 대할 길 없어
우리네 인생사 같은
저편 산 높은 산
흰 눈 덮인 겨울 산 춥다지만
내게만은 한결같아
알 길 없고 헤일 길 없이
괜시리
가까이 왔다 멀어져가는
임만 같은
저편 산 높은 산

종현산

종현산 일만 정기에
시름을 놓았더니
근심은 나비가 되어
기슭으로 날아가
온 산 골짜기에
황소울음 가득하니
아! 종현산
임을 사랑함은 이 때문이오니
이곳에 외롭다
이름 석 자 남기고 가오리다

붉은 장미

피고 보니 붉은 빛
오월의 태양과 많이도 닮았다네
추운 겨울 수수께끼만 같았던 일들이
스스로 고뇌의 껍질을 깨고 피어난
붉은 장미
조용히 창가를 향해 고개 숙이고
나만을 바라다보니
나도 고개 숙여
그대만을 바라보고 있네
모진 세월은 그대 몸에
가시를 돋게도 했으나
초록의 잎새 속에 묻어두고
누구에게 바치려는 순정인지
붉은 입술
하루 종일 대문 밖을 나서지 않고
나만을 기다려주는 장미 앞에
눈물지으며
영원토록 그대만을 사랑하리

장미의 사랑

아! 오월이면 찾아드는 부푼 꿈이여
담장에 활짝 핀
장미의 두 팔을 베고
당나귀처럼 잠잘지라도
장미는 나의 게으름을
결코 나무라지 않으리

그는
겨울의 찬바람 속에서도
가지를 움츠리거나
거센 눈보라 속에서도
몸의 가시를
숨기는 법이 없었으니까

망부석

사나이 못 이룬 한을 다 말하자면
입이 헐어 짓무를 테고
눈물로 쏟자니
바다마저도 넘쳐나리
사나이 못 이룬 꿈을 다 적자니
생은 너무 짧아
그 꿈을 다 펼쳐 놓자니
이 도시마저도 비좁을 뿐이리
한때 너와의 굳은 맹세
엇갈린 운명 속에
반백년을 헤매다
인왕산에 올라
수도 서울의 성지를 바라다보니
아! 임 그리운 가슴속
타고 남은 제 무덤에 진 꽃은
언제 다시 피어나려나

인왕산의 설움

인왕산 길 이정표 따라
정상에 다다르니
분단의 또 다른 상징인 듯
나그네의 발길 막아선 성벽은
그 누구의 설움이런가
나와 마주할 수 없는 그 누가
저 산 아래 사는 것도 아닐텐데
매서운 바람만 울고 넘으며
슬퍼하는 것 또한
그 누구의 설움이런가

인왕산 이곳에 올라보니
세계의 이목이 집중된 까닭
분단의 아픔 또 다시
온몸으로 느끼니
이 아픔 또한
그 누구의 설움이런가

어지신 임금님과 한마음 되어
화합의 굳센 단결 없이는
진정한 평화의 그 날은 아득하리란
생각에
또 다시 눈물지으니
이것 또한
그 누구의 설움이런가

새벽 찬 바람의 거셈에
인왕산 정상을 마주보며
돌아서는 나그네의 밤길엔
꿈결만이 깃들어
멀리서 들려오는
보신각 종소리
아! 이것 또한
그 누구를 위한 기도의 종소리였던가

한계령

어머님의 치맛깃처럼 펄럭이는
한계령 계곡의 물줄기
내려쬐는 햇살 없이도
설렘 가득한 이른 아침
산기슭을 거슬러 오르는
풍우 속의 안개
산 정상에 모두 모여
형형색색 녹음의 향 머금고
부국지향의 설렘으로
나그네 발길 머물게 하는
오, 그곳이 바로 한계령이었구나

침묵의 밤

산 능선 길 따라
기어오르는 어둠 산산이 부수고
하늘나라 별들의 은빛 발걸음
더는 도시로 내려올 수 없어
산마루 위에
요람의 터 자리 잡으면
귀뚜라미는 나래를 펴
하고픈 말 전하건만
낮 동안 허영의 모습으로 설레던
황금빛 치장의 나라는 존재
밤하늘의 가위에 눌려
침묵하던 가엾은 모습
곰곰이 생각하며 보건대
진화의 몸부림에 허덕이는
굼벵이의 삶과도 흡사하였던 것

소지

타오른다 타오른다
불꽃이 타오른다
묵은 해의 아쉬움을 떠나보내지 못해
할머님 손에 고이 받쳐 든
소지 한 장
선왕당 보리수나무 아래
향로 위에서 활활 타오른다
타오른 불꽃은
한 올 재를 남긴다
영혼이 떠난 몸
한줌의 흙으로 남겨지는 듯
땅 위 빈자리에 남아
온 겨레의 꿈 다시 이어가리라

노을 속의 그림자

잘 번져가는 햇살
잘 익어가는 잎새 속의 열매
잘 닦여 매듭지어가는
마음인가 싶더니
노을에 취해
울먹이는 넋
고이 가지 못한
임의 넋이라면
이내 가슴에 스미어
다시 살으소서…

사막의 삶

새벽하늘에 별이 지듯이
가을 빈 들녘에 우수수
낙엽이 진다
스산한 이 가을
들녘의 낙엽을 모아
황금빛 사막으로 나는 향하리라
내 어릴 적 스승과의 잠자리에
비단 이불처럼 깔고 함께 누워
그때 못다 한 별들의 이야기를
다시금 들으며
이곳에서는…
한 모금의 물을 찾아
수백 길의 땅을 파야 하며
한 그루의 나무를 찾아
수만 리를 걸어야 하고
한 외로운 나그네를 만나기 위해
오랜 세월
고독과 함께 살아야 하는 이유를
다시금 들어보리…

봄바람

봄바람 힐끔힐끔 돌아본 까닭을
이제야 알겠네
윙윙 소리 내며
골목길 방황한 까닭을
저 산 넘는 고갯길에
친구 없다며
저 바다 건너 먼 곳에
길 모른다며
봄바람 슬금슬금
옷깃 속에 파고든 까닭을
이제야 알겠네

새들의 일상

이른 아침
어둠을 떨치고 날아오르는
숲속의 작은 새
드넓은 창공을 날다
숲으로 찾아드는
새들의 일상을 보노라면
아, 우리네 삶이란 것도
하룻밤 꿈으로
하루해를 살아가는
힘에 겨운 것이리라

새 봄을 기다리며

삶도 낡아지면
새롭게 짐을 꾸리는 것
봄 오기 전에
외양간의 쟁기를 손보듯
곳간의 괭이에 녹을 긁어내듯

꿈도 낡아지면
새롭게 단장을 하는 것
가을 가기 전에
초가지붕 위에 이엉을 덮고
가물가물…
호롱불의 심지를 돋우고
주름진 얼굴에 분을 바르듯
삶도 낡아지면
새롭게 짐을 꾸리는 것

바람의 하소연

바람이 울며 간다
한여름 밤…
지친 모기의 가녀린 소리로
울컥 담장을 뛰어 넘어서는
엄마 품이 그리운 듯
가슴을 더듬거리다
허허벌판…
발가벗은 허수아비 앞을 지날 때면
한겨울 지친 땅의 소리로
엉엉 통곡을 하다가
양지의 검불을 스치우듯
내 머리를 헝클어 놓아
거울을 들여다보듯
먼 하늘을 올려다보게 한다

소쩍새

소쩍 소쩍 소쩍다고
매일 밤 우는 널
누가 가슴으로 맞아는 주겠니
바람 부는 날에도
비오는 날에도
소쩍 소쩍 소쩍다고
우는 널
누가 사랑이나 하겠니

개울가 숲에서도
옹달샘 숲에서도
달빛만 바라보며
소쩍 소쩍 소쩍다고
우는 널
누가 데려는 가겠니

어제도 오늘도

임 따라 떠날 채비로

풍년 든 가을

달 밝은 밤에는

들을 수 없는 너의 노래를

누가 기억인들 하고 있겠니

사람 사랑이 그리울 땐

사람 사랑이 그리울 땐
날개 잃은 키위새를 생각하라
묵은 둥지에서 외로이
침묵하는 그를…
그리고
먹이 가득 문
한 쌍의 제비를 보아라
그 입에 입맞춤하는
엄마와 아이의 꿈과 희망을

사람 사랑이 그리울 땐
지샌 밤도 모자라
핼쑥해진 차림새의
새벽하늘의 빛바랜 저 달을 보아라

백마고지역

겨울이 떠난 자리에
봄비가 촉촉이…
철새가 떠난 자리에
푸릇한 봄내음이 가득히…
전역하는 열사들
훈장의 눈빛 반짝이고
어디선가 밀려드는
안개 속으로
누군가가 또 올 것만 같아서인지
열차는 이 도시를 떠나지 않고
북녘 하늘을 향해
긴긴 경적을 울리며
봄비로 흠뻑
온몸을 적셔만 간다

사월의 새싹

아, 아, 이름 모를
사월의 새싹들이여!
설한의 회초리에 돋아난
이 땅의 새싹들이여!
풀잎마다 물기 머금은
이 땅의 주인들이여!
춥던 그 날이 아득하여
뒤돌아보니
방울방울 미소인
방울방울 희망인
이 땅의 주인들이여!
토실토실…
오늘 다 돋아나지 못하거든
추운 저녁 해엔 자고 가렴
내일이면 더욱 실한 새싹으로
돋아나리니

호수가 소나무

소나무여 소나무여
명산대천 산수화 중에
늙어서도 청춘인 소나무여
푸른 호수 맑은 물에
임의 정만 듬뿍 고여
늙어서도 청춘인 소나무여
구시월 단풍놀이에
한낮이 무료하니
명달 보름달 가는 길에
나도 따라가 임 곁에 머무리라

매미의 삶

이른 아침
사탕을 우물거리듯
풀잎의 이슬에
혀끝을 대어본다
정겨운 매미의 울음은 나질 않고
시린 추억 속에 정 많던
앳된 미소 하나 떠오르니
오오라!
좋은 추억만으로 살아가는 것이
바로 매미의 삶이었구나

봄바람

간절했니 봄바람
참말이었니 봄바람
살랑살랑
어데로 가는 줄 몰랐다는 것을
실낱같은 몸짓으로
괜시리
설레는 줄만 알았는데
어떤 이는 내 몸짓에
푸릇푸릇 잎새 돋우어
잃었던 꿈 다시
되찾는다는 것을…
먼 하늘을 날아보면
이 한 몸
티끌보다 작을진대
양지에 옹기종기 모이면
씨앗이 움터
새싹이 돋는 줄을
간절히도
참말로도

아침햇살 둥근 달이
속삭여주지 않는다면
내 정녕
봄 오는 줄 몰랐으리

창밖의 봄

창밖의 봄은
화실을 나선 한 폭의 그림
나그네의 곁이 쓸쓸해 돋은 것만 같은
가녀린 잎새
알몸의 가지마다
하늘의 별처럼
피어난 꽃망울
얼싸안고 입맞춤하다
노을이 들면 쓸쓸히…
가던 길을 되돌아오는 것

가을 단풍

방방곡곡의 숲 속에
옴팍 쏟아진 도토리
그제서야 새 살 돋우는
고목의 살결들
가을 국화는 짓궂어
온산 헛간 데로
향기를 흩날리니
산마루 잎새
국화 향기에 취해
울긋불긋 짓물러 가누나

가을 낙엽

낙엽이 지더군
스산한 가을 저녁
누군가의 손에 이끌려
아마도 공원 벤치에서
흰 눈을 기다리려나 봐
이때쯤
낙엽이 그리워하는 것은
오직 흰 눈 뿐일 테니까
흰 눈 속에 온몸을 묻고서
진 꽃을 다시
붉게 피워보려나 봐

하룻밤의 휴식

그대의 오늘 하루가
아무리 즐거웠어도
그 옷을 입은 채로 잠들지 말라
때로는 참을 수 없는 분노로
온몸이 떨려올 지라도
그 분노가 가슴 깊이 스미지 않도록
그대의 머리맡에
밤의 침묵과 마음 편히 잠들 수 있는
따뜻한 차 한잔을
준비하여 두리니
그대의 오늘 하루가
아무리 힘들었을지라도
그 멍에를 멘 채로
잠들지 말라

구석기인

돌팔매 몇 번으로
사슴을 잡았다는 저네들
숫칡을 닮은
아름의 장딴지는 웬 것이었는가
영혼에 상처 준 죄로
피골이 상적해 있을 몸에
양지의 암칡을 닮은 팔의 근육은
웬 것이었는가
초가에 깃든 약초의 향기
옷깃에 배인 황토의 향기
마음에 정토의 향기
보노니
하늘의 감로와
그들 영혼의
선한 자취 때문이었으리라

검정 고무신의 추억

하나둘 모인 빈 병으로
엿을 바꿔먹던 어린 시절
수없는 발길에 밟혀
밀가루보다도 고운 황토 흙에
도장을 찍듯이 박혀있는
검정 고무신 발자욱을 들여다보며
허기를 면하는 것 외에는
아무런 걱정거리가 없을 때
온 세상 곳곳에
인간의 지혜로는 풀 수 없는
어려움이 있을 줄이야
누구인들 짐작이나 했으랴
그때 그 시절
나는 누구였으며
그대는 누구였기에

세월의 강

세월의 강을
달은 긴너고…
별빛 쏟아진 바다 위를
흰 구름은 넘어…
길이 끝나는 곳에서
나는 멈추어 설지라도
나 없는 세월 속에
이 모든 것들의 흐름은
영원하리라

해바라기와의 대화

해바라기야 넌 그렇게
해만 보면
환한 웃음이 나니
난 장미꽃만 보면
예뻐 미소 짓는데

해바라기야 넌 그렇게
비오는 날에도
태양을 찾아
지구를 맴도니
난 비오는 날에는
가던 길 멈추고
장미 넝쿨을 한걸음 더
하늘 가까이로 올려주는데

해바라기야 넌 그렇게
가을이 오면
농부의 손에 처참히
꺾이어 가니
난 가을이 오면
일부러…
장미의 가시에 찔려
아파하며
긴 긴 겨울밤을 건디는데

그게 바로 나

그게 바로
나였었니
세상을 그토록 원망한 애가
가슴 쑤셔 아파한 애가
그 애였다고 원망한 애가
바로 나였었니
나는 어제
국사봉 위에서 그 맘을 깨닫고
흐느껴 우는 널
보고야 말았노라

그게 바로

너였었니

세상을 그토록 사랑한 애가

가슴에 있는 것 모두 준 애가

그 애였노라고 자랑한 애가

바로 너였었니

나는 어제

국사봉 기슭에서 그 맘을 알아채고

슬피 우는 널

보고야 말았노라

만남과 헤어짐에 대하여

세월이 오고가는 까닭을…
저 달이 뜨고 지는 까닭을…
내 어찌 아리오만
우리가 만나고 헤어질 때에
그대 심중의 고뇌만이
세월이 오고감과
저 달이 뜨고 지는 까닭을
달가이 맞으리라
이렇듯 삶이란
오니 만나고 떠나니 이별할 뿐
누구든지 그 일에 상처받지 않는 것만이
삶의 좌절과 고통을 그만큼 성숙시켜
외롭고 쓸쓸한 마음에
적잖은 위안을 맞으리라
또한 만나고 헤어질 때에
미소 지음은
언젠가는 또 다시 만나리라는
무언의 약속인 것만은 분명한 것이리라

석별

그대 내게 오라 한
그 한마디는
세상과 영영 이별을 뜻하는 것이
아니었으며
그대 내게 오라 한
그 한마디는
살가운 친구들과 영영
헤어지라함도 아니었으며
그대 내게 오라 했던
그 한마디는
잠시 내 품에 기대어 아픔 잊고
그토록 아름답게 살고자 꿈꿔오던
세상으로 돌아가기 위한
잠시의 휴식이리니
그 누구도 잠시의 이별을
슬퍼하지 말아주오

내 사랑하는 친구들이여…

해돋이

록밴드의 피 끓는 연주가 끝난 뒤
밀려드는 침묵의 고요를 찾아
거대한 항구도시 동해로
나는 떠나리라

검푸른 바다는 연신
깊은 바다의 입내를 퍼 나르고
겉치레의 감투를 모두 벗어버린
붉은 저 태양은
새해 첫날 밀려드는 기도의 주문을
낱낱이 가슴에 안고
하늘 높이 솟구쳐
어둠의 도시 위를
더욱 밝게 비추리라

흰 눈이 내리면

시를 쓰며…
운명을 생각하고
솔잎에 쌓인 흰 눈은
그사이 한 권의 책이 되어간다
세찬 바람이 불어와
솔잎의 흰 눈을 날리어 갈 때
까마귀떼 우짖어
그 소리에 그만
시의 마지막 구절을
이렇게 적고야 말았다
하늘
구름
바람소리에
새로운 영험이 깃들어 온다고

말라버린 호수

생긴 이래 처음으로

엉덩이를 드러낸 호수 바닥

우리 흘린 땀 부족해 그런 것을

부끄러워 말아주오

우리 흘린 눈물 부족해 그런 것을

미워하지 말아주오

들까마귀 우짖음 사나워

졸음마저도 오지 않는 잠

꿈인들 잊으리요

눈물인들 잊으리요

머물 곳인들 뉘라서 알리요

추억 속의 그대

내게 다가올 내일이란
어느 생엔가 지나온 길을
또 다시 걷는 것이리
저기 보이는 고목의 느티나무가 그렇고
담장을 끼고
골목 어귀까지 뻗어나간
장미 넝쿨이 그렇다
그리고
그 앞을 서성이고 있는
그대의 모습이 아련하여
눈물짓고 있는 내 마음이 그렇다

새벽 공기

자네도 한 모금
나도 한 모금
주린 가슴에 끼니 삼아
주거니 받거니…
별빛에서 쏟아져 내린
새벽 공기를 들이마신다
자네도 한 모금
나도 한 모금
찌든 세상에 잘 견디도록
자네도 한 모금
나도 한 모금…

노송의 아침

그 무엇도 내겐
슬픔이라 말하지 말라
그 어떤 가슴 아픈 일도 내겐
슬픔이라 말하지 말라
그 무엇도 사랑할 수 없을 때
그런 슬픔마저도 내겐
슬픔이라 말하지 말라
때가 되면 추억 속에 잠들어
한줌 그리움 되어 남으리니
내겐 그런 슬픔을
슬픔이라 말하지 말라
누구나 행복을 원하기에
슬픔도 맞이하는 것
그대 그런 삶을
슬픔이라 말한다면
흰 눈 뒤집어 쓴 채로 산짐승 되어
아침을 맞이하는
노송의 고즈넉한 삶을
가슴 깊이 이해하지 못하리라

호롱불

인생은 호롱불…
등잔에 채워진
기름만큼만 타버리는

영혼도 호롱불…
하늘에서 주워진 세월 동안만
꽃피우다 저버리는

아! 임의 사랑
그마저도 호롱불
함께하는 동안만
활활 타오르는 불꽃…
봄
여름
가을
겨울 모두 다
주어진 시간만 견디다 가버리는
무심한 호롱불…

행진곡

달래지 마라
아이의 울부짖음을
이승의 삶이 고통스러워
먼 곳의 하느님을 한번
불러 봄이리니
그 속에서
삶의 고통을 참고 견디는
인내의 힘을 기르게 되리라

막지 마라
넋의 몸부림을
익숙하지 못한 이승의 삶이
힘에 겨워
하늘 우러러 고뇌에 찬
애달픈 삶을 노래함이리니
그 속에서
저마다의 삶에
큰 기수가 마련되리라

귀 기울여라
마음의 소리에
적잖이 창조자의 가르침으로
가득하리니
혼자서 늘 갈고 닦아
이 땅 위에 길이 빛내야 하리라

도와드려라
부모님의 수로고움을
거룩한 후손의 삶을 위해
지친 몸이리니
어버이 앞서 가신 길을 갈고 다듬어
우리 모두는 정토를 향해
함께 나아가야 하리라

정유년을 맞으며

흰 눈이 모질게 퍼부어도
명산의 곧은 정기는
봉우리의 깃을 우뚝 세우고
내리는 흰 눈은
묵은 잎새만을 덮고 간다
멀지 않아 해가 바뀌고
밤새 흰 눈이 더 쌓이고 나면
수탉의 울음소리
새벽 창공에 메아리 칠 때
눈 부릅뜨고 우뚝 선
솔나무 위에
새해 첫 둥지를 힘차게 지으리라

북한산 봄나들이

봄의 단비에
회룡천 물은 불어나고
늦게 잎새 돋고 꽃 피우는 것이
늙은 고목의 일상인 듯
오백년 회화나무 이제사 맘껏
봄비를 들이킨다
뭉게구름 사이로 볕이 들 때마다
애송이 잎새는 낯을 찌푸리고
움돋는 잎새의 몸짓에 손짓하건만
멈칫 멈칫 구르는 물레방아만이
해묵은 겨울 산의 입내를
연신 토해내누나
지나온 세월의 긴 긴 이야기처럼
능선의 나뭇가지 사이로
돌서렁 진달래 꽃
콧노래만이 흥에 겨워라

이끼 덮인 바위에 턱을 괸

키 작은 소나무 한그루

틈새로 뻗어 내린

옹이진 발가락은

산다는 게 얼마나 고된가를 엿보이고

모정의 긴 긴 세월 다 여의어놓고

천년 세월의 미소이런듯

다듬어 꾸미는 모습을 보노라면

먼 후일 담고픈 마음이 들어

아련한 한 줄기의 그리움

가슴속에 고이 잠들어 놓으리

회룡사 석굴암

감아 돈 능선 용의 위용
평화통일 기원하는
선사의 넋이 살아 숨 쉬는 듯
그 외…
더는 필을 델 수 없는 곳

바람에 울리는 풍경소리
각_ 각_ 등_ 부처되어
광대무변한 다라니를 외우는
선사의 간절한 염불인 듯
그 외…
더는 셈을 할 수 없는 곳

쏟아져 내릴 듯이 깎인
바윗돌
누가 먼저 깨달아 알아내려나
선망의 스님네들
그 외…
나그네는 머물 수 없는 곳

머리를 맞댄 불이문
누가 먼저랄 것 없이
나라사랑 위한 수호의 문
그 외…
더는 생각할 수 없는 곳
회룡사 석굴암…

덕주사 마애불

왜 달빛의 수줍은 미소가
월악산 영봉에 머물러
새벽을 맞는 줄을
이제야 알겠구려
별빛에서 쏟아진
이슬을 머금은 듯
아! 마애불…
지고지선하신 시름 위로
달빛도 함께 머물러
그 한 몸 기꺼이 바치심에
동방의 미래는
영봉에 떠오르는 아침 해만큼이나
밝으리라

석대암 풍경화

석대암 계곡에 올라
봄비가 쏟아내는
물줄기를 그려 본다
일만의 부처님께서
일만의 폭포에 나투시어
일만의 법문을 하시는 듯
나그네 등 곱은 짐을 풀고
석대암 수렴청정한
산주령을 굽어본다
굽이굽이 먼 곳에서
바다와 손잡고
굽이굽이 치솟은
봉우리의 손짓
하늘과 맞닿아
환희의 감동 끝이 없어
석대암 양지 한켠에
내 작은 움막을 짓고 싶소

보개산

봄비 머금은 호숫가에
사슴의 뿔처럼 돋아나는
고목의 새순
서방 국토에 가고 남도록
오고 또 오라시던
보개산 큰 고목의 손짓이
못내 가슴에 남아 맴돌고
마른 낙엽 속에 이름 모를 꽃들
두 팔을 높이 들고
땀방울이 굳어 사리가 될 때까지
이 터전 이 산중에서 살으런다고

죽비 소리

야삼경에 죽비 소리
숨죽여 듣노니
고된 시집살이 설움에
가슴 치는 소리매라

설움 멎고
밤 고요하매
허공중의 바람 소리
그도 죽비 소리매라

혼침으로 선잠 깨어
먼 산 바라보매
뉘엿뉘엿 떠오르는 아침 해
그도 죽비 소리매라

서둘러 낙엽 모으고
평상에 몸을 기대니
터의 강낭콩 영차영차
담장을 타고 오름에
아,
그마저도 죽비 소리매라

권두언

보시게!

거하게 취해 가시는 걸음에

오늘 하루도 욕봤다 스스로 위로하며

큰 소리로 한번 외치고 가도 좋소이다

나 또한 고독의 무덤에서

그 소리에 놀라 깨어난 넋이리니

인생사 온갖 고뇌 다하고 가시는 길에

그대 자손들 잘 있나 돌아보며

격려의 한 말씀

남기고 감이 옳지 않겠소

어차피 죽어

이 몸으로는 다시 안 올 인연

이 생의 삶 다하기 전에

살아온 길 뒤돌아보며

야속한 바 있었다면

한시름 덜고 감이 낫지 않겠소

보시게!

세상 시름 다 거두어 가시는 걸음에

좋은 일 있었다면

크게 미소 한번 짓고 가도 좋소이다

그 옛날 많던 성주님들

요즈음 세상살이에 보기 드무니

고락의 삶 지내온 세월 속에

깨달은 바 있다면

좋은 글 한 자 남겨두고 감이 옳지 않겠소

어차피

가도가도 다함 없을 윤회의 길에

그대 마음 본받아

좋은 벗으로 삼을 수 있다면

험한 세상 어딘들

마다할 일 있겠소

이 넓은 세상을 바라보며

무슨 바람 있고 있어
둥근 날은 밝았으랴
어둠 밤길 벗하여서
달빛 따라 걷는 것은
가기 힘든 가시밭길
곳곳에도 잘도 걸어
그 먼 곳에 당도하라
이르심이 분명하였으리

무슨 바람 남았길래
이 세상에 나왔던가
험한 세상 나온다는
언질 한번 줬더라도
수이레의 서툰 삶
방황인들 아니하고
호래호식 했으련만
엉겁결에 빈손 쥐소
궁금한 게 너무 많아
풍진 세상 허둥지둥
황급히도 뛰쳐나와

이곳저곳 방황하며
상처 많이 남겼으니
처처마다 간절히도
참회기도 다하리라

험한 세상 허둥지둥
지낸 내력 돌아보니
철든 나이로는
태어날 수 없었기에
티끌 같은 생명으로
작디작게 나면서도
부모님께 모진 고통
세상 풍파 남겼으니
이 세상의 모든 생명
시끌벅적 소란 뒤에야
부모님의 애달픈 삶
자는 잠에 깨달아
명산대천 사리탑에
산해진미 차려놓고
청정수의 맑은 물에

이 내 마음 다 바쳐서

닦는 공덕 성취될 때

초성의 둥근 달 초이레로 다시 밝아

어두운 세상 비출 시에

바라는바 소원성취

모두모두 이루어지리라

달빛 비추는 창가에서

달빛 창가에서
속삭이는 두 연인에게
때 지난 후에 돌아보면
차마 돌이켜 갈 수 없는
진심을 알게 되는 법
그러니 삶이 아무리 힘들어도
참고 견디시라고…
생의 어느 정점에 이르러 보면
세상 생명 모두는 저마다
최선의 행복을 위해
살아가고 있음을 알게 되리니
하심하여
애써 꾸미지 말아야 하고
애써 내려 놓아야만 지금보다
조금은 더 행복해질 수 있음을
알게 된다고

달빛 창가에서

이별하는 두 연인에게

우리의 땅 지구도

저 달처럼 둥그리니

그대 사랑하는 연인들

언젠가는 다시 만나는 날 있으리라고

그때 우리

무엇이 되어 다시 만날까

그도 염려치 마시라고

우리 하루하루의 일상 모두는

먼 미래의 땅 그곳에서

다시 만날 그 날을 위해 열심히

살아가고 있음이리니

현재의 삶 그대로가

먼 미래 속의 나라는 것을

부디 잊지 마시라고

달빛 창가 나뭇가지 사이로

아침 해 밝아오니

겨울 깊어

새 봄에 다 닳은 듯

초가지붕 이엉을 타고 녹아내리는

찬 이슬방울

모두 꿰어 염주로 매어두면

낮 모를 새소리조차도

임의 속삭임으로 다가오지 않으시련가

고독

고독
가엾게도
스스로는 깨고 나올 수 없는 열매
한줌 흙에 묻혀
농부의 손길이 닿지 못하면
영영 자라날 수 없는 씨앗과도 같은 것

고독
가엾게도
스스로는 걸어 나올 수 없는 무덤
신들린 듯 외는 주문을
누군가 엿듣고 이끌어 줄 때야
탈출이 가능한 것
그때를 기다리는
기도와 기다림의 연속

고독

가엾게도

스스로 가던 길을 멈추고

자신을 돌아보며 침묵하는 긴긴 시간들

때가 되면 모든 것이 용서되고

화해되는 줄을 알 때

그제서야 자리를 털고

오랜 잠에서 깨어나는 것